Poésies.

IMPRIMERIE ET FONDERIE DE RIGNOUX,
RUE DES FRANCS-BOURGEOIS-S.-MICHEL, N° 8.

Poésies

DE

THÉOPHILE GAUTIER.

> Oh ! si je puis un jour !
> ANDRÉ CHÉNIER.

PARIS.

CHARLES MARY, LIBRAIRE,
PASSAGE DES PANORAMAS ;

RIGNOUX, IMPRIMEUR-LIBRAIRE,
RUE DES FRANCS-BOURGEOIS-S.-MICHEL, Nº 8.

1830.

éditation.

. . . . Ce monde où les meilleures choses
Ont le pire destin.

Malherbe.

Méditation.

Virginité du cœur, hélas, sitôt ravie !
Songes riants, projets de bonheur et d'amour,
Fraîches illusions du matin de la vie
Pourquoi ne pas durer jusqu'à la fin du jour !

Pourquoi ?... Ne voit-on pas qu'à midi, la rosée
De ses perles d'argent n'enrichit plus les fleurs ;
Que l'anémone frêle, au vent froid exposée,
Avant le soir n'a plus ses brillantes couleurs !

Ne voit-on pas qu'une onde, à sa source limpide,
En passant par la fange y perd sa pureté ;
Que d'un ciel d'abord pur, un nuage rapide
Bientôt ternit l'éclat et la sérénité !

Le monde est fait ainsi : loi suprême et funeste,
Comme l'ombre d'un songe au bout de peu d'instans,
Ce qui charme s'en va, ce qui fait peine reste :
La rose vit une heure et le cyprès cent ans.

 Moyen âge.

Y ot un grant et vieil chastex
A messire Yvain qui fut tex ;
Ot tours, donjous, machecoulis,
Fossés d'iave nette remplis,
Murs de fine pierre de taille,
Coverts d'engins por la bataille.

Ancien fabliau.

Moyen âge.

Quand je vais poursuivant mes courses poétiques,
Je m'arrête surtout aux vieux châteaux gothiques ;
J'aime leurs toits d'ardoise aux reflets bleus et gris,
Aux faîtes couronnés d'arbustes rabougris,
Leurs pignons anguleux, leurs tourelles aiguës,
Dans les réseaux de plomb leurs vitres exiguës,
Légendes des vieux temps où les preux et les saints
Se groupent sous l'ogive en fantasques dessins ;
Avec ses minarets moresques, la chapelle
Dont la cloche qui tinte, à la prière appelle ;
J'aime leurs murs verdis par l'eau du ciel lavés,
Leurs cours où l'herbe croit à travers les pavés,

Au sommet des donjons leurs girouettes frêles
Que la blanche cigogne effleure de ses ailes;
Leurs ponts-levis tremblans, leurs portails blasonnés,
De monstres, de griffons, bizarrement ornés,
Leurs larges escaliers aux marches colossales,
Leurs corridors sans fin et leurs immenses salles,
Où comme une voix faible erre et gémit le vent,
Où, recueilli dans moi, je m'égare, rêvant,
Paré de souvenirs d'amour et de féerie,
Le brillant moyen âge et la chevalerie.

Élégie I.

Dame, d'amer déesse
Pour votre grace avoir,
Vous offre ma jeunesse,
Mes biens et mon avoir.
A. Chartier.

Élégie I.

Nuit et jour, malgré moi, lorsque je suis loin d'elle,
A ma pensée ardente un souvenir fidèle
La ramène ; il me semble ouïr sa douce voix
Comme le chant lointain d'un oiseau ; je la vois
Avec son collier d'or, avec sa robe blanche,
Et sa ceinture bleue, et la fleur qui se penche
Sur son chapeau de paille, et le sourire fin
Qui trahit l'émail pur de ses dents ; telle enfin
Que je la vis un soir dans ce bois de vieux ormes
Qui couvrent le chemin de leurs ombres énormes,
Et je l'aime d'amour profond : car ce n'est pas
Une femme au teint blanc, qui mesure ses pas,
Au regard nuagé de langueur, une Anglaise
Pâle comme le ciel de Londres, qui se plaise

La tête sur sa main à rêver longuement,
A lire Grandisson et Werther : non vraiment ;
Mais une jeune fille inconstante et frivole,
Qui ne rêve jamais ; une brune créole
Aux grands sourcils arqués, à l'œil brillant et noir
Où son âme se peint ainsi qu'en un miroir ;
A la taille élancée, à la gorge divine,
Que sous les plis du lin la volupté devine.

Paysage.

..... omnia plenis
Rura natant fossis.

P. Virgilius Maro.

Paysage.

Pas une feuille qui bouge,
Pas un seul oiseau chantant,
Au bord de l'horizon rouge
Un éclair intermittent ;

D'un côté rares broussailles,
Sillons à demi noyés,
Pans grisâtres de murailles,
Saules noueux et ployés ;

De l'autre un champ que termine
Un large fossé plein d'eau ;
Une vieille qui chemine
Avec un pesant fardeau ;

Et puis la route qui plonge
Entre mille coteaux bleus,
Et comme un ruban s'allonge
En minces plis onduleux.

La jeune Fille.

> La vierge est un ange d'amour.
> *A. Guiraud.*

Dieu l'a faite une heureuse et belle créature.
> *Inédit, M*****.*

La jeune Fille.

Brune à la taille svelte, aux grands yeux noirs, brillants.
A la lèvre rieuse, aux gestes sémillants,
Blonde aux yeux bleus rêveurs, à la peau rose et blanche.
La jeune fille plait : ou réservée ou franche,
Mélancolique ou gaie, il n'importe ; le don
De charmer est le sien, autant par l'abandon
Que par la retenue ; en Occident, Sylphide,
En Orient, Péri, bien aimant ou perfide,
Sous l'arcade moresque en face d'un ciel bleu,
Sous l'ogive gothique, assise auprès du feu,
Ou qui chante, ou qui file, elle plait ; nos pensées
Et nos heures, pourtant si vite dépensées,
Sont pour elle ; jamais imprégné de fraîcheur
Sur nos yeux endormis un rêve de bonheur

Ne passe fugitif comme l'ombre du cygne
Sur le miroir des lacs, qu'elle n'en soit; d'un signe
Nous appelant vers elle, et murmurant des mots
Magiques, dont un seul enchante tous nos maux;
Éveillés, son souris dissipe nos alarmes,
Et lorsque la douleur nous arrache des larmes
Son baiser à l'instant les tarit dans nos yeux.
La jeune fille! elle est un souvenir des cieux,
Une fleur au désert par le vent fécondée,
Un rayon de soleil qui rit après l'ondée.

Le Marais.

A MON AMI A. E***.

Ainsi près d'un marais on comtemple voler
Mille oiseaux peinturés.
> *Amadis Jamyn.*

En chasse, et chasse heureuse.
> *Alfred de Musset.*

Le Marais.

C'est un marais dont l'eau dormante
Croupit sous une verte mante
De roseaux qui tremblent au vent :
Autour des saules et des aunes
Que les brouillards ont rendu jaunes
Croisent leur branchage mouvant ;

La bécassine noire et grise
Y vole quand souffle la brise
De novembre aux matins glacés ;
Souvent, du haut des sombres nues
Pluviers, butors, courlis et grues
Y tombent, d'un long vol lassés.

Sous les lentilles d'eau qui rampent,
Les canards sauvages y trempent
Leurs cous d'azur aux reflets d'or ;
La sarcelle à l'aube s'y baigne,
Et quand le crépuscule règne
S'y pose entre deux joncs, et dort.

La cigogne dont le bec claque,
L'œil tourné vers le ciel opaque,
Attend là l'instant du départ,
Et le héron aux jambes grêles,
Lustrant les plumes de ses ailes,
Y traîne sa vie à l'écart.

Ami, quand la brume d'automne
Étend son voile monotone
Sur le front obscurci des cieux,
Quand à la ville tout sommeille
Et qu'à peine le jour s'éveille
A l'horizon silencieux ;

Toi dont le plomb à l'hirondelle
Toujours porte une mort fidèle,
Toi qui jamais à trente pas
N'a manqué le lièvre rapide ;

Ami, toi, chasseur intrépide,
Qu'un long chemin n'arrête pas ;

Avec Rasko ton chien qui saute
A ta suite dans l'herbe haute,
Avec ton bon fusil bronzé,
Ta blouse et tout ton équipage,
Viens t'y cacher près du rivage,
Derrière un tronc d'arbre brisé.

Ta chasse sera meurtrière ;
Aux mailles de ta carnassière
Bien des pieds d'oiseaux passeront,
Et tu reviendras de bonne heure
Avant le soir en ta demeure,
La joie au cœur, l'orgueil au front.

Sonnet I.

Aux seuls ressouvenirs
Nos rapides pensers volent dans les étoiles.

Théophile.

Sonnet I.

Aux vitraux diaprés des sombres basiliques,
Les flammes du couchant s'éteignent tour à tour,
D'un âge qui n'est plus précieuses reliques,
Leurs dômes dans l'azur tracent un noir contour :

Et la lune paraît, de ses rayons obliques
Argentant à demi l'aiguille de la tour,
Et les derniers rameaux des pins mélancoliques
Dont l'ombre se balance et s'étend à l'entour.

Alors les vibremens de la cloche qui tinte,
D'un monde aérien semblent la voix éteinte,
Qui par le vent portée en ce monde parvient ;

Et le poète assis près des flots, sur la grève,
Écoute ces accens fugitifs comme un rêve,
Lève les yeux au ciel, et triste se souvient.

3.

Serment.

L'on ne seust en nule terre
Nul plus bel cors de fame querre.
Roman de la Rose.

Serment.

Par ces yeux si beaux sous les voiles
De leurs franges de longs cils noirs,
Soleils jumeaux, doubles étoiles
D'un cœur ardent, ardens miroirs;

Par ce front de nacre et d'albâtre,
Que couronnent des cheveux bruns,
Où l'haleine du vent folâtre
Parmi la soie et les parfums;

Par ces lèvres, fraîche églantine,
Grenade en fleur, riant corail
D'où sort une voix argentine
A travers l'ivoire et l'émail;

Par cette gorge qui s'agite
Et bat sa prison de satin,
Par cette main blanche et petite,
Par l'éclat vermeil de ce teint;

Par ces dix-sept ans, par cette âme
D'Espagnole, je te promets,
O jeune fille, que ma flamme
Pour toi ne s'éteindra jamais.

# Les Souhaits.

.. Quelque bonne fée Urgèle
Promettant palais et trésors
Au filleul mis sous sa tutelle,
Pour te promener t'aurait-elle
Ravi sur son nuage d'or.

Joseph Delorme.

Les Souhaits.

Si quelque jeune fée à l'aîle de saphir,
    Sous une sombre et fraîche arcade,
Blanche comme un reflet de la perle d'Ophir,
Surgissait à mes yeux, au doux bruit du zéphyr
    De l'écume de la cascade,

Me disant : Que veux-tu ? larges coffres pleins d'or ;
    Palais immenses, pierreries ?
Parle ; mon art est grand : te faut-il plus encor ?
Je te le donnerai ; je puis faire un trésor
    D'un vil monceau d'herbes flétries.

Je lui dirais : Je veux un ciel riant et pur
    Réfléchi par un lac limpide,
Je veux un beau soleil qui luise dans l'azur,

Sans que jamais brouillard, vapeur, nuage obscur
    Ne voilent son orbe splendide ;

Et pour bondir sous moi je veux un cheval blanc,
    Enfant léger de l'Arabie,
A la crinière longue, à l'œil étincelant,
Et, comme l'hippogriffe, en une heure volant
    De la Norwège à la Nubie ;

Je veux un kiosque rouge, aux minarets dorés,
    Aux minces colonnes d'albâtre,
Aux fantasques arceaux d'œufs pendans décorés,
Aux murs de mosaïque, aux vitraux colorés
    Par où se glisse un jour bleuâtre ;

Et quand il fera chaud, je veux un bois mouvant
    De sycomores et d'yeuses,
Qui me suive partout au souffle d'un doux vent,
Comme un grand éventail sans cesse soulevant
    Ses masses de feuilles soyeuses.

Je veux une tartane avec ses matelots,
    Ses cordages, ses blanches voiles
Et son corset de cuivre où se brisent les flots,
Qui me berce le long de verdoyans îlots
    Aux molles lueurs des étoiles.

Je veux soir et matin m'éveiller, m'endormir
     Au son de voix italiennes,
Et pendant tout le jour entendre au loin frémir
Le murmure plaintif des eaux du Bendemir,
     Ou des harpes éoliennes ;

Et je veux, les seins nus, une Almée agitant
     Son écharpe de cachemire
Au dessus de son front de rubis éclatant,
Des spahis, un harem, comme un riche sultan
     Ou de Bagdad ou de Palmyre.

Je veux un sabre turc, un poignard indien
     Dont le manche de saphirs brille ;
Mais surtout je voudrais un cœur fait pour le mien,
Qui le sentît, l'aimât, et qui le comprît bien,
     Un cœur naïf de jeune fille.

Le Luxembourg.

Eufant, dans les ébats de l'enfance joueuse.
J. Delorme.

Le Luxembourg.

Au Luxembourg souvent lorsque dans les allées
Gazouillaient des moineaux les joyeuses volées,
Qu'aux baisers d'un vent doux, sous les abimes bleus
D'un ciel tiède et riant, les orangers frileux
Hasardaient leurs rameaux parfumés, et qu'en gerbes
Les fleurs pendaient du front des marronniers superbes,
Toute petite fille, elle allait du beau temps
A son aise jouir et promener long-temps,
Long-temps, car elle aimait à l'ombre des feuillages
Fouler le sable d'or, chercher des coquillages,
Admirer du jet d'eau l'arc au reflet changeant,
Et le poisson de pourpre hôte d'une eau d'argent,

Ou bien encor partir, folle et légère tête,
Et, trompant les regards de sa mère inquiète,
Au risque de brunir un teint frais et vermeil,
Courir à perdre haleine au plein cœur du soleil.

Le Sentier.

En une sente me vins rendre
Longue et estroite, où l'herbe tendre
Croissait très drue.
          Le livre des quatre Dames.
Un petit sentier vert, je le pris...
          Alfred de Musset.

Le Sentier.

Connaissez-vous là-bas dans ce vallon que noie
En automne la brume, un sentier qui tournoie?
C'est plaisir de le voir en mai, lorsque les fleurs
Étalent à l'envi sur ses bords leurs couleurs,
Rouges coquelicots et marguerites blanches,
Asphodèles, bluets, chrysanthèmes, pervenches
Sous la goutte de pluie, inclinant leur azur;
Violettes, trésor de parfums : un jour pur
En fait éclore assez pour combler des corbeilles,
Assez pour enrichir des légions d'abeilles.
A droite est une haie, à gauche un filet d'eau,
Que dérobe aux regards un ondoyant rideau
De cresson toujours vert, et ce sentier, je l'aime
Plus que tous les sentiers où se trouvent de même

Une haie, une source et des fleurs : car c'est lui
Qui lorsqu'au ciel obscur la lune pâle a lui,
A la grille du parc, rendez-vous solitaire,
Où l'amour s'embellit des charmes du mystère,
Sous les ormes touffus, aux bercemens plaintifs,
Sans les tromper jamais conduit mes pas furtifs.

auchemar.

Bizoy quen ne consquaff a maru garu ne marnaff.
Ancien proverbe breton.

Jamais je ne dors que je ne meure de mort amère.
Les goules de l'abyme
Attendant leur victime,
Ont faim :
Leur ongle ardent s'allonge,
Leur dent en espoir ronge
Ton sein.

Cauchemar.

Avec ses nerfs rompus, une main écorchée
Qui marche sans le corps dont elle est arrachée,
Crispe ses doigts crochus armés d'ongles de fer
Pour me saisir : des feux pareils aux feux d'enfer
Se croisent devant moi ; dans l'ombre des yeux fauves
Rayonnent ; des vautours à cous rouges et chauves,
Battent mon front de l'aile en poussant des cris sourds :
En vain pour me sauver je lève mes pieds lourds,
Des flots de plomb fondu subitement les baignent,
A des pointes d'acier ils se heurtent et saignent,
Meurtris et disloqués ; et mon dos cependant
Ruisselant de sueur, frissonne au souffle ardent
De naseaux enflammés, de gueules haletantes :
Les voilà, les voilà ! dans mes chairs palpitantes
Je sens des becs d'oiseaux avides se plonger,
Fouiller profondément, jusqu'aux os me ronger,

Et puis des dents de loups et de serpens qui mordent
Comme une scie aiguë, et des pinces qui tordent;
Ensuite le sol manque à mes pas chancelans:
Un gouffre me reçoit; sur des rochers brûlans,
Sur des pics anguleux que la lune reflète,
Tremblant je roule, roule, et j'arrive squelette
Dans un marais de sang; bientôt, spectres hideux,
Des morts au teint bleuâtre en sortent deux à deux,
Et se penchant vers moi m'apprennent les mystères
Que le trépas révèle aux pâles feudataires
De son empire; alors, étrange enchantement,
Ce qui fut moi s'envole, et passe lentement
A travers un brouillard couvrant les flèches grêles
D'une église gothique aux moresques dentelles.
Déchirant une proie enlevée au tombeau,
En me voyant venir, tout joyeux, un corbeau
Croasse, et s'envolant aux steppes de l'Ukraine,
Par un pouvoir magique à sa suite m'entraîne,
Et j'aperçois bientôt, non loin d'un vieux manoir,
A l'angle d'un taillis, surgir un gibet noir
Soutenant un pendu; d'effroyables sorcières
Dansent autour, et moi, de fureurs carnassières
Agité, je ressens un immense désir
De broyer sous mes dens sa chair, et de saisir,
Avec quelque lambeau de sa peau bleue et verte,
Son cœur demi pourri dans sa poitrine ouverte.

La Demoiselle.

A MON AMI ALPHONSE B***.

> . . . . . insectes agiles
> Cuirassés d'or.
> *Am. Tastu.*

> Là de bleuâtres demoiselles
> Fêtant du nénuphar les hôtes bienheureux
> Éventails animés, se balancent sur eux
> Avec leurs frémissantes ailes.
> *Saintine.*

5.

La Demoiselle.

Sur l'anémone arrosée
    De rosée,
Sur le buisson d'églantier,
Sur les ombreuses futaies,
    Sur les haies
Croissant au bord du sentier ;

Sur la paquerette blanche
    Qui se penche
Au moindre souffle de vent,
Le bouton d'or, la pivoine,
    Et l'avoine
Au panache gris mouvant ;

Sur les prés, sur la colline
    Qui s'incline
Vers le champ bariolé
De pittoresques guirlandes,
    Sur les landes,
Sur le grand orme isolé;

La demoiselle se berce;
    Et s'il perce
Dans la brume, au bord du ciel,
Un rayon d'or qui scintille,
    Elle brille
Comme un regard d'Ariel.

Traversant près des charmilles,
    Les familles
Des bourdonnans moucherons,
Elle se mêle à leur ronde
    Vagabonde,
Et comme eux décrit des ronds.

Bientôt elle vole et joue
    Sous la roue
Du jet d'eau qui s'élançant
Dans les airs, retombe, roule

Et s'écoule
En un ruisseau bruissant.

Plus rapide que la brise,
    Elle frise
Dans son vol capricieux,
L'eau transparente où se mire
    Et s'admire
Le saule au front soucieux,

Où s'entrouvrant blancs et jaunes,
    Près des aunes,
Les deux nénuphars en fleurs,
Au gré du flot qui gazouille
    Et les mouille,
Étalent leurs deux couleurs,

Où se baigne le nuage,
    Où voyage
Le ciel d'été souriant,
Où le soleil plonge, tremble,
    Et ressemble
Au beau soleil d'orient.

Et quand la grise hirondelle,
    Auprès d'elle

Passe, et ride à plis d'azur,
Dans sa chasse circulaire,
L'onde claire,
Elle s'enfuit d'un vol sûr.

Lacs d'argent aux fraîches ondes,
Plaines blondes,
Bois qui chantent, coteaux bleus,
Ciel où le nuage passe,
Large espace,
Monts aux rochers anguleux ;

Voilà l'immense domaine
Où promène
Ses caprices, fleur des airs,
La demoiselle nacrée,
Diaprée
De reflets roses et verts.

Dans son étroite famille,
Quelle fille
N'a pas vingt fois souhaité,
Rêveuse, d'être comme elle
Demoiselle,
Demoiselle en liberté.

Les deux Ages.

La petite fille est devenue jeune fille.

Victor Hugo.

Les deux Ages.

Ce n'était, l'an passé, qu'une enfant blanche et blonde
Dont l'œil bleu, transparent et calme comme l'onde
Du lac qui réfléchit le ciel riant d'été,
N'exprimait que bonheur et naïve gaîté.

Que j'aimais dans le parc la voir sur la pelouse,
Parmi ses jeunes sœurs courir, voler, jalouse
D'arriver la première ; avec grâce les vents
Berçaient de ses cheveux les longs anneaux mouvants ;
Son écharpe d'azur se jouait autour d'elle
Par la course agitée, et, souvent infidèle,
Trahissait une épaule aux contours gracieux,
Un sein déja gonflé, trésor mystérieux,
Un col éblouissant de fraîcheur, dont l'albâtre
Sous la peau laisse voir une veine bleuâtre

6

Aux rameaux déliés ; ou, d'autrefois, le soir,
Balançant dans sa main un léger arrosoir,
Distribuer en pluie, à ses fleurs desséchées
Par la chaleur du jour, et vers le sol penchées,
Une eau douce et limpide : à ses oiseaux ravis,
Des tiges de plantain, des grains de chenevis...

C'est une jeune fille à présent, blanche et blonde,
La même ; mais l'œil bleu, jadis pur comme l'onde
Du lac qui réfléchit le ciel riant d'été,
N'exprime plus bonheur et naïve gaîté.

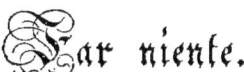 **Far niente.**

Quant à son temps bien le sut disposer :
Deux parts en fit dont il souloit passer
L'une à dormir et l'autre à ne rien faire.
Jean de La Fontaine.

Far niente.

Quand je n'ai rien à faire, et qu'à peine un nuage
Dans les champs bleus du ciel, flocon de laine, nage,
J'aime à m'écouter vivre, et libre de soucis,
Loin des chemins poudreux, à demeurer assis
Sur un moelleux tapis de fougère et de mousse,
Au bord des bois touffus où la chaleur s'émousse ;
Là, pour tuer le temps, j'observe la fourmi
Qui, pensant au retour de l'hiver ennemi,
Pour son grenier dérobe un grain d'orge à la gerbe,
Le puceron qui grimpe et se pend au brin d'herbe,
La chenille traînant ses anneaux veloutés,
La limace baveuse aux sillons argentés,
Et le frais papillon qui de fleurs en fleurs vole.
Ensuite je regarde, amusement frivole,
La lumière brisant dans chacun de mes cils,
Palissade opposée à ses rayons subtils,

6.

Les sept couleurs du prisme, ou le duvet qui flotte
En l'air, comme sur l'onde un vaisseau sans pilote;
Et lorsque je suis las je me laisse endormir
Au murmure de l'eau qu'un caillou fait gémir,
Ou j'écoute chanter près de moi la fauvette,
Et là haut dans l'azur gazouiller l'alouette.

tances.

La jeune fille rieuse.
Victor Hugo.

Stances.

Vous ne connaissez pas les molles rêveries
Où l'âme se complaît et s'arrête long-temps,
De même que l'abeille en un soir de printemps,
Sur une scabieuse au milieu des prairies ;

Vous ne connaissez pas cet inquiet désir
Qui fait rougir souvent une joue ingénue,
Ce besoin d'habiter une sphère inconnue,
D'embrasser un fantôme impossible à saisir ;

Ces attendrissemens, ces soupirs et ces larmes
Sans cause, qu'on voudrait, mais en vain, réprimer,
Cette vague langueur et ce doux mal d'aimer,
Pour un objet chéri ces mortelles alarmes ;

Vous ne connaissez rien, rien que folle gaité,
Sur votre lèvre rose un frais sourire vole,
Votre entretien naïf, sérieux ou frivole,
Est égal et serein comme un beau jour d'été.

Sur votre main jamais votre front ne se pose,
Brûlant, chargé d'ennuis, ne pouvant soutenir
Le poids d'un douloureux et cruel souvenir,
Votre cœur virginal en lui-même repose.

Avenir et présent, tout rit dans vos destins,
Vous n'avez pas encor aimé sans être aimée,
Ni retenant à peine une larme enflammée,
Épié d'un regard les aveux incertains.

Jeune fille vos yeux ignorent l'insomnie.
Une pensée ardente et qui revient toujours,
Ne trouble pas vos nuits tristes comme vos jours;
Votre vie en sa fleur n'a pas été ternie.

Ainsi qu'un ruisseau clair où se mirent les cieux,
Dont le cours lentement par les prés se déroule,
Votre existence pure et limpide s'écoule,
Heureuse d'un bonheur calme et silencieux.

romenade nocturne.

> Allons la belle nuit d'été.
> *Alfred de Musset.*

C'était par un beau soir, par un des soirs que rêve
Au murmure lointain d'un invisible accord
Le poète qui veille ou l'amante qui dort.
> *Victor Pavie.*

Promenade nocturne.

La rosée arrondie en perles
Baigne les tapis de gazon,
Les chardonnerets et les merles
Chantent à l'envi leur chanson.

Vois-tu, des fleurs jaunes et blanches
Brodent le bord vert du chemin,
Un vent léger courbe les branches
Du chevrefeuille et du jasmin.

La nuit est calme ; les étoiles
Brillent au milieu du ciel pur,
Et se réfléchissent sans voiles
Dans le miroir du lac d'azur.

7

Et la lune au disque d'agathe
S'avance au dessus des monts bleus,
Comme le brick ou la frégate,
Au sein de l'océan houleux.

Prends mon bras, ô ma bien-aimée,
Et nous irons à deux jouir
De la belle nuit embaumée,
Et, couchés sur la mousse, ouïr

La voix argentine de l'onde
Qui ruisselle entre des roseaux,
Dans une ravine profonde,
Sous un ombrage de bouleaux.

onnet II.

Amour tant vous hai servit
Senz pecas et senz failhimen,
Et vous sabez quaut petit
Hai avut de jauzimen.

Peyrols.

Ne sais-tu pas que je n'eus onc
D'elle plaisir ny un seul bien.

Marot.

Sonnet II.

Ne vous détournez pas, car ce n'est point d'amour
Que je veux vous parler; que le passé, madame,
Soit pour nous comme un songe envolé sans retour,
Oubliez une erreur que moi-même je blàme.

Mais vous êtes si belle, et sous le noir contour
De vos sourcils arqués luit un regard de flamme
Si perçant, qu'on ne peut vous avoir vue un jour
Sans porter à jamais votre image en son ame.

Moi, mes traits soucieux sont couverts de pàleur,
Car dès mes premiers ans souffrant et solitaire,
Dans mon cœur je nourris une pensée austère,

Et mon front avant l'àge a perdu cette fleur
Qui s'entrouvre vermeille au printemps de la vie,
Et qui ne revient plus alors qu'elle est ravie.

7.

La Basilique.

The pillared arches were over their head
And beneath their feet were the bones of the dead.
The lay of last minstrel.

On voit des figures de chevaliers à genoux sur
un tombeau, les mains jointes... les arcades ob-
scures de l'église couvrent de leurs ombres ceux
qui reposent.

Göerres.

La Basilique.

Il est une basilique
Aux murs moussus et noircis,
Du vieux temps noble relique,
Où l'ame mélancolique
Flotte en pensers indécis.

Des losanges de plomb ceignent
Les vitreaux coloriés,
Où les feux du soleil teignent
Les reflets errans qui baignent
Les plafonds armoriés.

Cent colonnes découpées
Par de bizarres ciseaux,
Comme des faisceaux d'épées

Au long de la nef groupées,
Portent les sveltes arceaux.

La fantastique arabesque
Courbe ses légers dessins
Autour du treffle moresque,
De l'arcade gigantesque
Et de la niche des saints.

Dans leurs armes féodales,
Vidames et chevaliers,
Sont là, couchés sur les dalles
Des chapelles sépulchrales,
Ou debout près des piliers.

Des escaliers en dentelles
Montent avec cent détours
Aux voûtes hautes et frêles,
Mais fortes comme les ailes
Des aigles ou des vautours.

Sur l'autel, riche merveille,
Ainsi qu'une étoile d'or,
Reluit la lampe qui veille,
La lampe qui ne s'éveille
Qu'au moment où tout s'endort.

Que la prière est fervente
Sous ces voûtes, lorsqu'en feu
Le ciel éclate, qu'il vente,
Et qu'en proie à l'épouvante,
Dans chaque éclair on voit Dieu !

Ou qu'à l'autel de Marie,
A genoux sur le pavé,
Pour une vierge chérie
Qu'un mal cruel a flétrie,
En pleurant l'on dit : *Ave*.

Mais chaque jour qui s'écoule
Ébranle ce vieux vaisseau,
Déja plus d'un mur s'écroule,
Et plus d'une pierre roule,
Large fragment d'un arceau.

Dans la grande tour, la cloche
Craint de sonner l'*Angelus*:
Partout le lierre s'accroche;
Hélas! et le jour approche
Où je ne vous dirai plus:

Il est une basilique
Aux murs moussus et noircis,

Du vieux temps noble relique,
Où l'ame mélancolique
Flotte en pensers indécis.

L'Oiseau captif.

Depuis de si longs jours prisonnier, tu t'ennuies,
Pauvre oiseau, de ne voir qu'intarissables pluies,
De filets gris rayant un ciel noir et brumeux,
Que toits aigus baignés de nuages fumeux.
Aux gémissemens sourds du vent d'hiver qui passe
Promenant la tourmente au milieu de l'espace,
Tu n'oses plus chanter : mais vienne le printemps
Avec son soleil d'or aux rayons éclatans,
Qui d'un regard bleuit l'émail du ciel limpide,
Ramène d'outremer l'hirondelle rapide,
Et couvre les rameaux d'un feuillage enchanté,
Alors tu reprendras ta voix et ta gaîté ;
Et si toujours constant à ta douleur austère,
Tu regrettais encor la forêt solitaire,

êve.

Et nous voulons mourir quand le rêve finit.
> *A. Guiraud.*

Toute la nnict je ne pense qu'en celle
Qui ha le cors plus gent qu'une pucelle
De quatorze ans.
> *Maître Clément Marot.*

L'orme du grand chemin, le rocher, le buisson,
La campagne que dore une blonde moisson,
La rivière, le lac aux ondes transparentes
Que plissent en passant les brises odorantes,
Je t'abandonnerais à ton joyeux essor.
Tous les deux cependant nous avons même sort,
Mon ame est comme toi; de sa cage mortelle
Elle s'ennuie hélas! et souffre, et bat de l'aile,
Elle voudrait planer dans l'océan du ciel,
Ange elle-même, suivre un ange Ithuriel,
S'enivrer d'infini, d'amour et de lumière,
Et remonter enfin à la cause première;
Mais grand dieu, quelle main ouvrira sa prison,
Quelle main à son vol livrera l'horizon!

L'Oiseau captif.

Depuis de si longs jours prisonnier, tu t'ennuies,
Pauvre oiseau, de ne voir qu'intarissables pluies,
De filets gris rayant un ciel noir et brumeux,
Que toits aigus baignés de nuages fumeux.
Aux gémissemens sourds du vent d'hiver qui passe
Promenant la tourmente au milieu de l'espace,
Tu n'oses plus chanter : mais vienne le printemps
Avec son soleil d'or aux rayons éclatans,
Qui d'un regard bleuit l'émail du ciel limpide,
Ramène d'outremer l'hirondelle rapide,
Et couvre les rameaux d'un feuillage enchanté,
Alors tu reprendras ta voix et ta gaîté ;
Et si toujours constant à ta douleur austère,
Tu regrettais encor la forêt solitaire.

Rêve.

Voici ce que j'ai vu naguère en mon sommeil :
Le couchant enflammait à l'horizon vermeil
Les carreaux de la ville ; et moi sous les arcades
D'un bois profond, au bruit du vent et des cascades,
Aux chansons des oiseaux j'allais, foulant des fleurs
Qu'un arc-en-ciel teignait de changeantes couleurs.
Soudain des pas légers froissent l'herbe ; une femme
Que j'aime dès long-temps du profond de mon ame,
Comme une jeune fée accourt vers moi ; ses yeux
A travers ses longs cils brillent de plus de feux
Que les astres du ciel ; et sur la verte mousse
A mes lèvres d'amant livrant une main douce,

Elle rit, et bientôt enlacée à mes bras
Me dit, le front brûlant et rouge d'embarras,
Ce mot mystérieux qui jamais ne s'achève,
Ce mot qui les vaut tous : — Pourquoi n'est-ce qu'un rêve!!

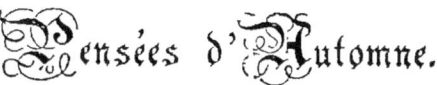ensées d'Automne.

La rica autouna s'es passada
L'hiver suz un cari tourat
S'en ven la capa ementoulada
D'un veù neblouz enjalibrat.
Son autounous.

J'entends siffler la bise aux branchages rouillés
Des saules qui là-bas se balancent mouillés.
Auguste M.

Pensées d'Automne.

L'automne va finir ; au milieu du ciel terne,
Dans un cercle blafard et livide que cerne
Un nuage plombé, le soleil dort : du fond
Des étangs remplis d'eau monte un brouillard qui fond
Collines, champs, hameaux dans une même teinte.
Sur les carreaux, la pluie en larges gouttes tinte ;
La froide bise siffle ; un sourd frémissement
Sort du sein des forêts ; les oiseaux tristement
Mêlant leurs cris plaintifs aux cris des bêtes fauves,
Sautent de branche en branche à travers les bois chauves,
Et semblent aux beaux jours envolés dire adieu.
Le pauvre paysan se recommande à Dieu,
Craignant un hiver rude ; et moi, dans les vallées,
Quand je vois le gazon sous les blanches gelées
Disparaître et mourir, je reviens à pas lents,
M'asseoir le cœur navré près des tisons brûlans,

Et là je me souviens du soleil de septembre
Qui donnait à la grappe un jaune reflet d'ambre;
Des tilleuls embaumés et de la chûte d'eau,
Et du treffle naissant, pittoresque rideau
S'étendant à longs plis sur la plaine rayée,
Et de la route étroite en son milieu frayée,
Et surtout des bleuets et des frêles pavots
Qui croissaient à milliers parmi des blés nouveaux.

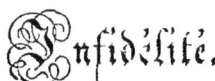nfidélité.

> Bandiera d'ogni vento
> Conosco que sei tu.
> *Chanson italienne.*

> La volonté de l'ingrate est changée.
> *Antoine de Baïf.*

Infidélité.

Voici l'orme qui balance
Son ombre sur le sentier ;
Voici le jeune églantier,
Le bois ou dort le silence ;
Le banc de pierre où le soir
Nous aimions à nous asseoir.

Voici la voûte embaumée
De rosiers et de lilas,
Où lorsque nous étions las,
Ensemble, ô ma bien aimée,
Sous des guirlandes de fleurs,
Nous laissions fuir les chaleurs.

Voici le marais que ride
Le saut du poisson d'argent ;
Dont la grenouille en nageant
Trouble le miroir humide ;
Comme autrefois, les roseaux
Baignent leurs pieds dans ses eaux.

Comme autrefois, la pervenche,
Sur le velours vert des prés,
Par le printemps diaprés,
Aux baisers du soleil penche
A moitié rempli de miel,
Son calice bleu de ciel.

Comme autrefois, l'hirondelle
Rase en passant les donjons ;
Et le cygne dans les joncs
Se joue et livre son aile
Aux carresses d'un vent doux...
Rien n'a donc changé que vous.

# À mon ami Auguste M***

For yonder faithless phantom flies
To lure thee to thy doom.
Goldsmith.

C'est, dit-il, d'autant que j'ay veu plusieurs bou-
teilles qui auoient la robe toute neufve et le verre
estoit cassé dedans; et plusieurs pommes desquelles
l'écorce estoit vermeille et reluisante dont le dedans
estoit mangé de vers et tout pourry.

Le Vagabond.

9.

A mon ami Auguste M***.

Par une nuit d'été, quand le ciel est d'azur,
Souvent un feu follet sort du marais impur;
Le passant qui le voit le prend pour la lumière
Qui scintille aux carreaux lointains d'une chaumière;
Vers le fanal perfide il s'avance à grands pas,
Tout joyeux, et bientôt ne s'apercevant pas
Qu'un abîme est ouvert à ses pieds, il y tombe,
Et son corps reste là sans prière et sans tombe.
Aux lieux où fut Gomorrhe autrefois, et que Dieu
En courroux inonda d'un déluge de feu,
Sur la grève brûlée, asile frais et sombre,
Des orangers touffus s'élèvent en grand nombre;

Chargés de fruits riants dont la tunique d'or
Ne livre que poussière à la dent qui les mord :
Dans ma pensée, ami, je trouve qu'une femme
Qui sous de beaux semblans cache une vilaine ame,
Pour ceux que sa beauté décevante a séduits,
Pareille au feu follet, l'est encore à ces fruits.

légie II.

Ingrate... pour t'avoir bien servie
Adorant ta beauté,
Je vois bien qu'à la fin tu m'osteras la vie
Après la liberté.

De Lingendes.

... je l'adore et meurs de trop aimer.
Philippes Desportes.

Élégie II.

Je voudrais l'oublier ou ne pas la connaître...
Oh, si j'avais pensé que dans mon cœur dût naître
Ce feu qui le dévore et qui ne s'éteint pas,
Loin d'elle encor à temps j'aurais porté mes pas...
Mais non, il le fallait; c'était ma destinée!
Contre elle vainement, dans mon ame indignée
Je crie et me révolte; il le fallait. Le soir,
A l'ombre des tilleuls elle venait s'asseoir,
Je la voyais. Son front candide où ses pensées
D'une rougeur pudique arrivent nuancées,
Sous l'arc d'un sourcil brun, son œil étincelant,
Par un éclair rapide en silence parlant,
Et ses propos naïfs, et sa grâce enfantine,
Et par fois dans nos jeux sa colère mutine,

Tout en elle d'amour et d'espoir m'enivrait.
A des songes dorés mon ame se livrait,
Elle était tout pour moi qui ne suis rien pour elle!
De ses affections ombre et miroir fidèle,
Je riais, je pleurais à son rire, à ses pleurs,
Lorsqu'elle me contait sa joie ou ses douleurs.
Sa vie était la mienne; une espérance folle
Me flattait de toucher un jour ce cœur frivole;
Mais elle, à tant d'amour qu'elle n'a pas compris,
N'a jamais répondu que par le froid mépris,
La vague indifférence, et la haine peut-être!...
Je voudrais l'oublier ou ne pas la connaître.

Veillée.

Je lis les faits joyeux du bon Pentagruel,
Je sais presque par cœur l'histoire véritable
Des quatre fils Aymon et de Robert-le-Diable.
GRANDVAL, *le Vice puni.*

Veillée.

Lorsque le lambris craque, ébranlé sourdement,
Que de la cheminée il jaillit par moment
Des sons surnaturels, qu'avec un bruit étrange
Pétillent les tisons, entourés d'une frange
D'un feu blafard et pâle, et que des vieux portraits
De bizarres lueurs font grimacer les traits;
Seul, assis, loin du bruit, du récit des merveilles
D'autrefois aimez-vous bercer vos longues veilles?
C'est mon plaisir à moi; si, dans un vieux château,
J'ai trouvé par hazard quelque lourd in-quarto,
Sur les rayons poudreux d'une armoire gothique
Dès long-temps oublié, mais dont la marge antique
Couverte d'ornemens, de fantastiques fleurs,
Brille, comme un vitrail, des plus vives couleurs,

Je ne puis le quitter. Lais, virelais, ballades,
Légendes de béats guérissant les malades,
Les possédés du diable, et les pauvres lépreux,
Par un signe de croix ; chroniques d'anciens preux,
Mes yeux dévorent tout ; c'est en vain que l'horloge
Tinte par douze fois, que le hibou déloge
En glapissant, blessé des rayons du flambeau
Qui m'éclaire ; je lis : sur la table à tombeau,
Le long du chandelier, cependant la bougie
En larges nappes coule, et la vitre rougie
Laisse voir dans le ciel, au bord de l'orient,
Le soleil qui se lève avec un front riant.

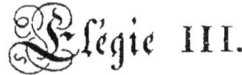légie III.

Soccoreys ojos con aqua que el coraçon
La demanda.
Chanson espagnole.

Fare the well.
L. Byron.

Élégie III.

Elle est morte pour moi, dans la tombe glacée
Comme si le trépas l'avait déja placée ;
Elle vit cependant ; ange exilé des cieux,
Vrai rêve de poète, étrange et gracieux ;
C'est bien elle toujours, elle que j'ai connue
Au sortir de l'enfance, à quinze ans, ingénue,
Folâtre, insouciante, ignorant sa beauté,
S'ignorant elle-même, et jetant de côté,
De peur qu'une pensée amère ne s'éveille,
Souci du lendemain, souvenir de la veille.
Mais je ne verrai plus ses grands yeux expressifs
Vers les miens s'élever, et s'abaisser pensifs !...
Mais je ne pourrai plus, pendant le soir, entendre
De sa voix douce au cœur le son léger et tendre

S'échapper de sa lèvre, ainsi qu'un chant divin
D'une harpe magique. Hélas! et c'est en vain
Qu'en longs transports d'amour, en vifs élans de flamme,
J'ai dépensé pour elle et mes jours et mon ame!

lémence.

O peu durables fleurs de la beauté mortelle !
Philippe Desportes.

D'Isabelle l'ame ait paradis.
Épitaphe gothique.

Clémence.

Un monument sur ta cendre chérie
     Ne pèse pas,
Pauvre Clémence, à ton matin flétrie
     Par le trépas.

Tu dors sans faste, au pied de la colline,
     Au dernier rang,
Et sur ta fosse un saule pâle incline
     Son front pleurant.

Ton nom déja par la pluie et la neige
     Est effacé
Sur le bois noir de la croix qui protége
     Ton lit glacé.

Mais l'amitié qui se souvient, fidèle,
Avec des fleurs,
Vient à l'endroit seulement connu d'elle,
Verser des pleurs.

Voyage.

Il me faut du nouveau n'en fût-il plus au monde.
Jean de La Fontaine.

Jam mens prætrepidans avet vagari ,
Jam læti studio pedes vigescunt.
Catulle.

11

Voyage.

Au travers de la vitre blanche
Le soleil rit, et sur les murs
Traçant de grands angles, épanche
Ses rayons splendides et purs :
Par un si beau temps, à la ville
Rester parmi la foule vile !
Je veux voir des sites nouveaux :
Postillons, sellez vos chevaux.

Au sein d'un nuage de poudre,
Par un galop précipité,
Aussi promptement que la foudre
Comme il est doux d'être emporté !
Le sable bruït sous la roue,
Le vent autour de vous se joue ;
Je veux voir des sites nouveaux :
Postillons, pressez vos chevaux.

Les arbres qui bordent la route
Paraissent fuir rapidement,
Leur forme obscure dont l'œil doute
Ne se dessine qu'un moment ;
Le ciel, tel qu'une banderolle,
Pardessus les bois roule et vole ;
Je veux voir des sites nouveaux :
Postillons, pressez vos chevaux.

Chaumières, fermes isolées,
Vieux châteaux que flanque une tour,
Monts arides, fraîches vallées,
Forêts se suivent tour à tour ;
Par fois au milieu d'une brume,
Un ruisseau dont la chute écume ;
Je veux voir des sites nouveaux :
Postillons, pressez vos chevaux.

Puis, une hirondelle qui passe,
Rasant la grève au sable d'or,
Puis, semés dans un large espace,
Les moutons d'un berger qui dort ;
De grandes perspectives bleues,
Larges et longues de vingt lieues ;
Je veux voir des sites nouveaux :
Postillons, pressez vos chevaux

Une montagne : l'on enraye,
Au bord du rapide penchant
D'un mont dont la hauteur effraye :
Les chevaux glissent en marchant,
L'essieu grince, le pavé fume,
Et la roue un instant s'allume ;
Je veux voir des sites nouveaux :
Postillons, pressez vos chevaux.

La côte raide est descendue.
Recouverte de sable fin,
La route, à chaque instant perdue,
S'étend comme un ruban sans fin.
Que cette plaine est monotone !
On dirait un matin d'automne ;
Je veux voir des sites nouveaux :
Postillons, pressez vos chevaux.

Une ville d'un aspect sombre,
Avec ses tours et ses clochers
Qui montent dans les airs, sans nombre,
Comme des mâts ou des rochers,
Où mille lumières flamboient
Au sein des ombres qui la noient ;
Je veux voir des sites nouveaux :
Postillons, pressez vos chevaux !

11.

Mais ils sont las, et leurs narines,
Rouges de sang, soufflent du feu;
L'écume inonde leurs poitrines
Il faut nous arrêter un peu.
Halte! demain, plus vite encore,
Aussitôt que poindra l'aurore,
Postillons, pressez vos chevaux,
Je veux voir des sites nouveaux.

 Le Coin du Feu.

Blow, Blow, winter's wind.
Shakspeare.

Vente, gelle, gresle, j'ay mon pain cuict.
Villon.

Around in sympathetic mirth,
Its tricks the kitten tries;
The cricket chirrups in the heart
The crackling faggot flies.
Goldsmith.

Quam juvat immites ventos audire cubantem.
Tibulle.

Le Coin du Feu.

Que la pluie à déluge au long des toits ruisselle!
Que l'orme du chemin penche, craque et chancelle
Au gré du tourbillon dont il reçoit le choc!
Que du haut des glaciers l'avalanche s'écroule!
Que le torrent aboie au fond du gouffre, et roule
Avec ses flots fangeux de lourds quartiers de roc!

Qu'il gèle! et qu'à grand bruit, sans relâche, la grêle
De grains rebondissans fouette la vitre frêle!
Que la bise d'hiver se fatigue à gémir!
Qu'importe? n'ai-je pas un feu clair dans mon âtre,
Sur mes genoux un chat qui se joue et folâtre,
Un livre pour veiller, un fauteuil pour dormir?

La Tête de Mort.

Ton test n'aura plus de peau,
Et ton visage si beau
N'aura veines ni artères,
Tu n'auras plus que des dents
Telles qu'on les voit dedans
Les têtes des cimetières.

Pierre Ronsard.

La mort nous fait dormir une éternelle nuit.

Joachim Dubellay.

P.
S.
Q.
E.
C.
A.
U.
S.
S.
A.
O.
O.
E.
A.

La Tête de Mort.

Personne ne voulait aller dans cette chambre,
Surtout pendant les nuits si tristes de décembre,
Quand la bise gémit et pousse des sanglots,
Et que du ciel obscur tombe la pluie à flots.
Car c'était une chambre antique, inhabitée,
A minuit, disait-on, de revenans hantée,
Une chambre où les ais du parquet désuni
S'agitent sous vos pieds, où le plafond jauni
Se partage et s'écroule, où la tapisserie
A personnages, tremble, et sur la boiserie
Ondule à plis poudreux au moindre ébranlement.
On en avait ôté les meubles ; seulement
Entre de vieux portraits, un crucifix d'ivoire,
Avec du buis bénit, sur une étoffe noire,

I 2

Pendait du mur : au bas, en guise de support,
On avait mis jadis une tête de mort ;
Et me ressouvenant des fables qu'on débite,
Enfant, je croyais voir au fond de cet orbite
Que l'œil n'anime plus, de blafardes lueurs ;
Et quand il me fallait passer là, des sueurs
M'inondaient, tour à tour brûlantes et glacées :
J'aurais fait le serment que les dents déchaussées
De cet épouvantail, en ricanant grinçaient,
Et que confusément des mots s'en élançaient.
A présent jeune encor, mais certain que notre ame,
Inexplicable essence, insaisissable flamme,
Une fois exhalée, en nous tout est néant,
Et que rien ne ressort de l'abîme béant
Où vont, tristes jouets du temps, nos destinées,
Comme au cours des ruisseaux les feuilles entraînées,
Sans peur je la regarde, et je dis : Quelques ans,
Que sais-je ! quelques mois, un espace de temps
Beaucoup plus court, demain, après demain peut-être,
Les yeux de mes amis ne pourront me connaître ;
Tête de mort livide à mon tour. — Celle-ci
Est celle d'une femme autrefois morte ici,
Dont voilà le portrait qui, dans son cadre, semble
Vous regarder, sourire et remuer ; l'ensemble
De ses traits ingénus, de fraîcheur éclatans,
Montre qu'elle touchait à peine à son printemps :

Pourtant elle mourut; bien des larmes coulèrent
Sans doute à son convoi, bien des fleurs s'effeuillèrent
Sur sa tombe, tributs de pieuses douleurs
Sans doute.—Mais le temps sait arrêter les pleurs,
Et des premiers chagrins l'amertume passée,
Bientôt l'on oublia la belle trépassée.
—Belle, qui le dirait! où sont ces cheveux blonds,
Qui roulent vers son col si soyeux et si longs;
Cette joue aux contours ondoyans, aussi fraîche
Qu'au beau soleil d'été le duvet d'une pêche,
Ces lèvres de corail au sourire enfantin,
Ce front charmant à voir, cette peau de satin,
Où comme un fil d'azur transparaît chaque veine,
Ces yeux bleus que l'amour, passion creuse et vaine,
N'a jamais fait pleurer?—Un crâne blanc et nu,
Deux trous noirs et profonds où l'œil fut contenu,
Une face sans nez, informe et grimaçante,
Du sort qui nous attend image menaçante;
Voilà ce qu'il en reste avec un souvenir
Qui s'éteindra bientôt dans le vaste avenir.

allade.

Regarder ies ondes de l'air
. . . .
Puis admirant sur les sillons
Les ailes dés gais papillons
De mille couleurs parsemées.
Les croire des fleurs animées.
Saint-Amand.

See! moats and bridges wals and castles ride.
Crabbe.

Sonne, sonne, ami Dampierre.
Ballade des chasseurs.

Un peu plus loin considérez cette alouette qui
s'élève peu à peu du milieu des blés, en voltigeant
en haut, elle chante si mélodieusement qu'il ne
se peut mieux, vous diriez qu'elle va en chantant
boire dans les nuées.

Le Confiteor de l'infidèle éprouvé.

Ballade.

Quand à peine un nuage,
Flocon de laine, nage
Dans les champs du ciel bleu ;
Et que les moissons blondes
Dorment comme les ondes
Sous un soleil de feu ;

Quand les couleuvres souples
Se promènent par couples
Dans les fossés taris ;
Quand les grenouilles vertes,
Par les roseaux couvertes,
Troublent l'air de leurs cris ;

Près des vieilles murailles,
A l'ombre des broussailles,

Quand le lézard s'endort;
Et quand dans les prairies
Les pervenches flétries
Jonchent le gazon mort;

Qu'il fait bon ne rien faire!
Libre de toute affaire,
Libre de tout soucis,
Et sur la mousse tendre
Nonchalamment s'étendre,
Ou demeurer assis;

Et suivre l'araignée,
De lumière baignée,
Allant au bout d'un fil
A la branche d'un chêne,
Nouer la double chaîne
De son réseau subtil;

Ou le duvèt qui flotte,
Et qu'un souffle balotte
Comme un grand ouragan,
Et la fourmi qui passe
Dans l'herbe, et se ramasse
Des vivres pour un an;

Le papillon frivole,
Qui de fleurs en fleurs vole,
Tel qu'un page galant;
Le puceron qui grimpe
A l'odorant olympe
D'un brin d'herbe tremblant

Et puis s'écouter vivre,
Et feuilleter un livre,
Et rêver au passé,
En évoquant les ombres
Ou riantes ou sombres
D'un long rêve effacé;

Et battre la campagne,
Et bâtir en Espagne
De magiques châteaux;
Créer un nouveau monde
Et jeter à la ronde
Pittoresques coteaux,

Vastes amphitéâtres
De montagnes bleuâtres,
Mers aux lames d'azur,
Villes monumentales,

Splendeurs orientales,
Ciel éclatant et pur ;

Jaillissantes cascades,
Lumineuses arcades
Du palais d'Obéron ;
Gigantesques portiques,
Colonnades antiques,
Manoir de vieux baron,

Avec sa châtelaine
Qui regarde la plaine
Du sommet des donjons,
Avec son nain difforme,
Son pont-levis énorme,
Ses fossés pleins de joncs ;

Et sa chapelle grise,
Dont l'hirondelle frise
Au printemps les vitreaux,
Ses mille cheminées
De corbeaux couronnées,
Et ses larges créneaux ;

Et sur les hallebardes
Et les dagues des gardes

Un éclair de soleil;
Et dans la forêt sombre
Lévriers en grand nombre,
Et joyeux appareil;

Chevaliers, damoiselles,
Beaux habits, riches selles
Et fringans palefrois;
Varlets qui sur la hanche
Ont un poignard au manche
Taillé comme une croix!

Voici le cerf rapide,
Et la meute intrépide!
Hallali, hallali,
Les cors bruyans résonnent,
Les pieds des chevaux tonnent,
Et le cerf affaibli

S'arrête, court, se trouble;
L'ardeur des chiens redouble,
Il chancelle, il s'abat.
Pauvre cerf, son corps saigne,
La sueur à flots baigne
Son flanc meurtri qui bat:

Son œil plein de sang, roule
Une larme qui coule,
Sans toucher ses vainqueurs ;
Ses membres froids s'allongent,
Et dans son col se plongent
Les couteaux des piqueurs :

Et lorsque de ce rêve,
Qui jamais ne s'achève,
Mon esprit est lassé,
J'écoute de la source
Arrêtée en sa course
Gémir le flot glacé,

Gazouiller la fauvette
Et chanter l'alouette
Au milieu d'un ciel pur ;
Puis je m'endors tranquille
Sous l'ondoyant asile
De quelque ombrage obscur.

Le sujet de cette ballade est le même que celui de la pièce intitulée
Far niente (page 65), mais le rhythme en est si dissemblable que j'ai
cru pouvoir la conserver sans inconvénient.

 # Une ame.

Son ame avait brisé son corps.
Victor Hugo.

Diex por amer l'avoit faicte.
Le chastelain de Coucy.

Une ame.

C'était une ame neuve, une ame de créole,
Toute de feu, cachant à ce monde frivole
Ce qui fait le poète, un inquiet désir
De gloire aventureuse et de profond loisir,
Et capable d'aimer comme aimerait un ange,
Ne trouvant en chemin que des ames de fange :
Peu comprise, blessée au vif à tout moment,
Mais n'osant pas s'en plaindre, et sans épanchement,
Sans consolation, traversant cette vie ;
Aux entraves du corps à regret asservie,
Esquif infortuné que d'un baiser vermeil
Dans sa course jamais n'a doré le soleil,
Triste jouet du vent et des ondes ; au reste,
Résignée à l'oubli, nécessité funeste
D'une existence vague et manquée : ici bas
Ne connaissant qu'amers et douloureux combats,

Dans un corps abattu sous le chagrin, et frêle
Comme un épi courbé par la pluie ou la grêle;
Encore si la foi... l'espérance... mais non,
Elle ne croyait pas, et Dieu n'était qu'un nom
Pour cette ame ulcérée... Enfin au cimetière,
Un soir d'automne sombre et grisâtre, une bière
Fut apportée : un être à la terre manqua,
Et cette absence, à peine un cœur la remarqua.

Souvenir.

Deux estions et n'avions qu'ung cœur.
Le lay de maistre Ytier Marchant

Hélas! il n'étoit pas saison
Sitôt de son département.
La complainte de Valentin Granson.

Souvenir.

D'elle que reste-t-il aujourd'hui? Ce qui reste,
Au réveil d'un beau rêve, illusion céleste ;
Ce qui reste l'hiver des parfums du printemps,
De l'émail velouté du gazon; au beau temps,
Des frimas de l'hiver et des neiges fondues,
Ce qui reste le soir des larmes répandues
Le matin par l'enfant, des chansons de l'oiseau,
Du murmure léger des ondes du ruisseau,
Des soupirs argentins de la cloche, et des ombres
Quand l'aube de la nuit perce les voiles sombres.

onnet III.

L'homme n'est rien qu'un mort qui traine sa carcasse.
Du May.
Fronti nulla fides.

Sonnet III.

Quelquefois au milieu de la folâtre orgie,
Lorsque son verre est plein, qu'une jeune beauté
Endort son désespoir amer par la magie
D'un regard enchanteur où luit la volupté,

L'ame du malheureux sort de sa léthargie ;
Son front pâle retrouve un rayon de gaîté,
Sa prunelle mourante un reste d'énergie ;
Il sourit oublieux de la réalité.

Mais toute cette joie est comme le lierre
Qui d'une vieille tour, guirlande irrégulière,
Embrasse en les cachant les pans démantelés ;

Au dehors on ne voit que riante verdure,
Au dedans, que poussière infecte et noire ordure,
Et qu'ossemens jaunis aux décombres mêlés.

Maria.

> ... meæ puellæ
> Flendo turgiduli rubent ocelli.
> *V. Catullus.*
> Ne pleure pas. . .
> *Dovalle.*

14

Maria.

De tes longs cils de jais que ta main blanche essuie,
Comme des gouttes d'eau d'un arbre après la pluie,
Ou, comme la rosée au point du jour, des fleurs
Qu'un pied inattentif froisse, j'ai vu des pleurs
Tomber et ruisseler en perles sur ta joue :
En vain de la gaîté l'éclair à présent joue
Dans tes yeux noirs ; en vain ta bouche me sourit ;
D'inquiètes terreurs agitent mon esprit :
Qu'avais-tu, Maria ? toi rieuse et folâtre,
Toi, de plaisirs bruyans et de danse idolâtre,
Le soir, quand le soleil incline à l'horizon,
La première à fouler l'émail vert du gazon,
La première à poursuivre en sa rapide course
La demoiselle bleue aux bords frais de la source,

A chanter des chansons, à reprendre un refrain;
Toi qui n'as jamais su ce qu'était un chagrin,
A l'écart tu pleurais; réponds-moi, quel orage
Avait terni l'éclat de ton ciel sans nuage?
Ton passereau chéri bat de l'aile, joyeux,
Les barreaux de sa cage, et sur son lit soyeux,
Ton jeune épagneul dort; tout va bien, et tes roses
Répandent leurs parfums, heureusement écloses;
Qu'avais-tu donc, enfant? quel malheur imprévu
Te faisait triste?—Hier je ne t'avais pas vu.

À mon ami Eugène de N***.

Les parfums les plus doux et les plus belles fleurs
Perdoient en un instant leurs charmantes odeurs;
Tous ces mets savoureux dont je chargeois ma table
Ne m'ont jamais offert qu'un plaisir peu durable,
Oublié le jour même et suivi de regrets,
Mais de ces jours heureux, Xanthus, et de ces veilles
Où de savans discours ont charmé mes oreilles
Il m'en reste des fruits qui ne mourront jamais.

Callimaque, traduction de la Porte Duteil

Vous voyez bien que j'ai mille choses à dire.

Hernani.

A mon ami Eugène de N***.

Ne t'en vas pas, Eugène, il n'est pas tard ; la lune
A l'angle du carreau sur l'atmosphère brune
N'a pas encore paru : nous causerons un peu,
Car causer est bien doux le soir, auprès du feu,
Lorsque tout est tranquille et qu'on entend à peine
Entre les arbres nus glisser la froide haleine
De la brise nocturne, et la chauve-souris
En tournoyant dans l'air pousser de faible cris ;
Reste, nous causerons de quelque jeune fille,
Dont la lèvre sourit, dont la prunelle brille,
Et que nous avons vue, en promenant un jour,
Passer devant nos yeux comme un ange d'amour ;
De nos auteurs chéris, Victor et Sainte-Beuve,
Aigles audacieux, qui d'une route neuve

Et d'obstacles semée ont tenté les hasards,
Malgré les coups de bec de mille geais criards;
Et d'Alfred De Vigny, qui d'une main savante,
Dessina de Cinq-Mars la figure vivante,
Et d'Alfred de Musset et d'Antoni Deschamps,
Et d'eux tous dont la voix chante de nouveaux chants;
Des vieux qu'un siècle ingrat en s'avançant oublie,
Guillaume de Lorris dont l'œuvre inaccomplie,
Poétique héritage aux mains de Clopinel,
Après sa mort passa, monument éternel,
De la langue au berceau; Pierre Vidal, trouvère
Dont le luth tour à tour gracieux et sévère,
Sous les plafonds ornés de nobles pannonceaux,
Dans leurs fêtes charmait les comtes provenceaux:
Peyrols l'aventurier, qui rime en Palestine
Quelqu'amoureux tenson qu'à sa belle il destine;
Le bon Alain Chartier, Rutebeuf le conteur,
Sire Gasse-Brulez, Habert le traducteur,
Maître Clément Marot, madame Marguerite,
De ses jolis dixains la muse favorite;
Villon, et Rabelais cet Homère moqueur,
Dont le sarcasme aigu comme un poignard, au cœur
De chaque vice plonge, et des foudres du pape
N'ayant cure, l'atteint sous la pourpre ou la chape:
Car nous aimons tous deux les tours hardis et forts,
Mais naïfs cependant et placés sans efforts,

L'originalité, la puissance comique
Qu'on trouve en ces bouquins à couverture antique,
Dont la marge a jauni sous les doigts studieux
De vingt commentateurs, nos patiens aïeux.
Quand nous aurons assez parlé littérature,
Nous changerons de texte et parlerons peinture ;
Je te dirai comment Rioult, mon maître, fait
Un tableau qui, je crois, sera d'un grand effet ;
C'est un ogre lascif qui dans ses bras infames
A son repaire affreux porte sept jeunes femmes ;
Renaud de Montauban, illustre paladin,
Le suit l'épée au poing : lui, d'un air de dédain,
Le regarde d'en haut ; son œil sanglant et louche
Son crâne chauve et plat, son nez rouge, sa bouche
Qui ricane et s'entrouvre ainsi qu'un gouffre noir,
Le rendent de tout point très singulier à voir :
Surprises dans le bain les sept femmes sont nues,
Leurs contours veloutés, leurs formes ingénues
Et leur coloris frais comme un rêve au printemps,
Leurs cheveux en désordre et sur leurs cous flottans,
La terreur qui se peint dans leurs yeux pleins de larmes
Me paraissent vraiment admirables ; les armes
Du paladin Renaud faites d'acier bruni,
Étoilé de clous d'or, sont du plus beau fini :
Un panache s'agite au cimier de son casque,
D'un dessin à la fois élégant et fantasque ;

Sa visière est levée et sur son corselet
Un rayon de soleil jette un brillant reflet.
Mais à ce tableau plein d'inventions heureuses
Je préfère pourtant ses petites baigneuses,
Vrai chef-d'œuvre de grace et de naïveté,
Création dont rien n'égale la beauté.
Après viendront en foule anciens peintres de Rome :
Perugin, Raphaël, homme au dessus de l'homme,
De Florence, de Parme et de Venise aussi,
Véronèse, Titien, Léonard de Vinci,
Michel Ange, Annibal Carrache, le Corrège
Et d'autres plus nombreux que les flocons de neige
Qui s'entassent l'hyver au front des Apennins :
D'autres auprès de qui nous sommes tous des nains,
Et dont la gloire immense en vieillissant doublée
Fait tomber les crayons de notre main troublée.
Puis je te décrirai ce tableau de Rembrandt
Qui me fait tant plaisir, et mon chat Childebrand
Sur mes genoux posé selon son habitude,
Levant vers moi la tête avec inquiétude,
Suivra les mouvemens de mon doigt, qui dans l'air
Esquisse mon récit pour le rendre plus clair ;
Et nous aurons encore mille choses à dire
Lorsque tout sera dit : Projets riants, délire
De jeunesse ; que sais-je, un souvenir d'hier,
Le présent, l'avenir, mes chants dont je suis fier

Comme des plus beaux chants, et ces vagues ébauches
De poèmes à faire, incomplètes et gauches,
Où les regards amis un instant arrêtés
Cherchent à pressentir de futures beautés,
Et ces légers dessins où je tâche de rendre
Ce que je ne saurois faire assez bien comprendre
Par mes vers ; mais alors, Eugène, il sera tard,
Et je ne pourrai plus reculer ton départ.

Le Jardin des Plantes.

L'homme propose et Dieu dispose.

Le Jardin des Plantes.

J'étais parti, voyant le ciel limpide et clair
Et les chemins séchés, afin de prendre l'air,
D'ouïr le vent qui pleure aux branches du melèze,
Et de mieux travailler : car on est plus à l'aise
Pour méditer le plan d'un drame projeté,
Refondre un vers pesant et sans grace jeté,
Ou d'une rime faible à sa sœur mal unie
Par un son plus exact réparer l'harmonie,
Sous les arbres touffus inclinés en arceaux,
Du labyrinthe vert, quand des milliers d'oiseaux
Chantent auprès de vous, et que la brise joue
Dans vos cheveux épars et baise votre joue,
Qu'on ne l'est dans sa chambre, un bureau devant soi,
S'étant fait d'y rester, une pénible loi,

Et, comme un ouvrier que son devoir attache,
De ne pas s'arrêter qu'on n'ait fini sa tâche,
Remis le tout au net, et bien dûment serré
L'œuvre dans un tiroir aux profanes sacré ;
Et je m'étais promis de rapporter la feuille
Où, du crayon aidé, mon doigt fixe et recueille
Mes pensers vagabonds, pleine jusques aux bords
De vers harmonieux, poétiques trésors,
Destinés à grossir un trop mince volume :
Vains projets ! notre esprit est pareil à la plume ;
Un souffle d'air l'emporte hors de son droit chemin,
Et nul ne peut prévoir ce qu'il fera demain.
Aussi moi, pauvre fou, séduit par l'étincelle
Qui, furtive jaillit d'une noire prunelle,
Par un souris qui livre aux yeux de blanches dents,
Oubliant prose et vers, de mes regards ardens
Je suis la jeune fille, et bientôt moins timide
J'égale à son pas leste et prompt mon pas rapide,
Je risque quelques mots et place sous mon bras
Quoiqu'on dise, méchant, et qu'on ne veuille pas
Une main potelée, et nous allons à l'ombre
Dans un lieu du jardin bien tranquille et bien sombre,
Faire mieux connaissance, et jouer et causer
Et sur le banc de pierre après nous reposer,
Et nous nous promettons de nous revoir dimanche,
Et je reviens avec ma feuille toute blanche.

Le Champ de Bataille.

En icelle valée oyait on grans sons de tabours,
trompes et naquerres.

Mandeville.

Or ilz sont mortz, Diex ayt leurs ames,
Quant est des cors, ils sont pourryz.
Le grand Testament de Villon.

De dars i ot grant lanceis
Et de pierres grant jeteis,
Et de lances grand bouteis
Et d'espées grant capleis.
Li romans du Brut.

15.

Le Champ de Bataille.

Aux branches des tilleuls, aux sommets des tourelles,
Sans crainte revenez vous poser, tourterelles.

Le fracas des canons qui vomissent l'éclair,
Le rappel des tambours, le sifflement des balles,
Le son aigu du fifre et des grêles cymbales
Enfin ne troublent plus ni les échos ni l'air ;
La brise secouant son aile parfumée
A dissipé les flots de l'épaisse fumée,
Crêpe noir étendu sur le front pur des cieux;
Comme aux jours de la paix tout est silencieux.

Aux branches des tilleuls, aux sommets des tourelles,
Sans crainte revenez vous poser, tourterelles.

La lourde artillerie et les fourgons pesans
Ne creusent plus la route en profondes ornières;
On ne voit plus flotter les poudreuses bannières
Par dessus les fusils au soleil reluisans;
Sous les pieds des soldats courant à la maraude,
Sainfoins à rouges fleurs, prés couleur d'émeraude,
Blés jaunes à flots d'or au gré des vents roulés,
Comme sous un fléau ne meurent plus foulés.

Aux branches des tilleuls, aux sommets des tourelles,
Sans crainte revenez vous poser, tourterelles.

Cavaliers, fantassins, l'un sur l'autre entassés,
De leurs membres, pétris dans le sang et la boue
Par le fer d'un cheval ou l'orbe d'une roue
Jonchent le sol parmi les affûts fracassés,
Et vers le champ de mort en immenses volées
Du creux des rocs, du haut des flèches dentelées
De l'est et de l'ouest, du nord et du midi
L'essaim des noirs corbeaux se dirige agrandi.

Aux branches des tilleuls, aux sommets des tourelles,
Sans crainte revenez vous poser, tourterelles.

Dans les bois, les vieux loups par trois fois ont hurlé,
Levant leur tête grise à l'odeur de la proie.

L'œil fauve des vautours a flamboyé de joie
A l'ombre étincelant comme un phare isolé,
Et poussant vers le ciel des clameurs funéraires,
A leurs petits béans sur le bord de leurs aires
Long-temps ils ont porté quelque sanglant lambeau
De ces corps lacérés et restés sans tombeau.

Aux branches des tilleuls, aux sommets des tourelles,
Sans crainte revenez vous poser, tourterelles.

Les os gisent rongés, blancs sous le gazon vert,
Et, spectacle hideux, souvent près d'un squelette
S'entr'ouvre le jasmin, fleurit la violette,
La mousse parasite entoure un crâne ouvert.
Eh bien! qu'il vienne ici celui pour qui le glaive
Est un hochet brillant et qui par lui s'élève;
Si d'horreur et d'effroi tout son cœur ne bondit,
Malheur à lui! malheur! car il n'est qu'un maudit.

Aux branches des tilleuls, aux sommets des tourelles,
Sans crainte revenez vous poser, tourterelles.

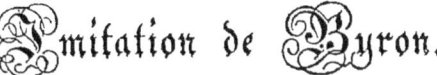

Imitation de Byron.

Imitation de Byron.

Il est doux de raser en gondole la vague
Des lagunes, le soir, au bord de l'horizon,
Quand la lune élargit son disque pâle et vague,
Et que du marinier l'écho dit la chanson ;

Il est doux d'observer l'étoile qui rayonne,
Paillette d'or jetée au font du firmament,
L'étoile qu'une blanche auréole environne,
Et qui dans le ciel clair s'avance lentement ;

Il est doux sur la brume un instant colorée,
De voir, parmi la pluie, aux lueurs du soleil,
L'iris arrondissant son arche diaprée,
Présage heureux d'un jour plus pur et plus vermeil ;

Il est doux, par les prés où l'abeille butine,
D'errer seul et pensif, et sous les saules verts
Nonchalamment couché près d'une onde argentine,
De lire tour à tour des romans et des vers ;

16

Il est doux, quand on suit une route inégale
Dans l'été, vers midi, chargé d'un lourd fardeau
Et qu'on entend chanter près de soi la cigale,
De trouver un peu d'ombre avec un filet d'eau ;

Il est doux, en hiver, lorsque la froide pluie
Bat la vitre, d'avoir auprès d'un feu flambant,
Un immense fauteuil gothique, où l'on appuie
Sa tête paresseuse en arrière tombant ;

Il est doux de revoir avec ses tours minées
Par le temps, ses clochers et ses blanches maisons,
Ses toits rouges et bleus, ses hautes cheminées,
La ville où l'on passa ses premières saisons ;

Il est doux pour le cœur de l'exilé malade,
Par le regret cuisant et la douleur usé,
D'entendre le refrain de la vieille ballade
Dont sa mère au berceau l'a jadis amusé ;

Mais il est bien plus doux, éperdu, plein d'ivresse,
Sous un berceau de fleurs, d'entourer de ses bras,
Pour la première fois sa première maîtresse
Jeune fille aux yeux bruns qui tremble et ne veut pas.

Ballade.

Femme souvent varie,
Est bien fol qui s'y fie.
François Ier.

Ballade.

Madame, vous êtes belle
A faire rêver d'amour,
Pour une seule étincelle
De votre noire prunelle,
Le poëte tout un jour.

Air naïf de jeune fille,
Front uni, veines d'azur,
Douce haleine de vanille.
Bouche rosée où scintille
Un émail riant et pur;

Pied svelte et léger, main blanche,
Soyeuses boucles de jais,
Col de cygne qui se penche
Flexible comme la branche
Qu'au soir caresse un vent frais,

16.

Vous avez, sur ma parole,
Tout ce quil faut pour charmer;
Mais votre ame est si frivole
Mais votre tête est si folle
Que l'on n'ose vous aimer.

Soleil couchant.

Notre-Dame
Que c'est beau!
Victor Hugo.

Soleil couchant.

En passant sur le pont de la Tournelle, un soir,
Je me suis arrêté quelques instans pour voir
Le soleil se coucher derrière Notre-Dame.
Un nuage splendide à l'horizon de flamme
Tel qu'un oiseau géant qui va prendre l'essor
D'un bout du ciel à l'autre ouvrait ses ailes d'or,
Et c'étaient des clartés à baisser la paupière.
Les tours au front orné de dentelles de pierre,
Le drapeau que le vent fouette, les minarets
Qui s'élèvent pareils aux sapins des forêts,
Les pignons tailladés que surmontent des anges
Aux corps raides et longs, aux figures étranges,
D'un fond clair ressortaient en noir : l'archevêché,
Comme aux pieds de sa mère un jeune enfant couché,
Se dessinait au pied de l'église dont l'ombre
S'allongeait à l'entour mystérieuse et sombre ;

Plus loin, un rayon rouge allumait les carreaux
D'une maison du quai : l'air était doux ; les eaux
Se plaignaient contre l'arche à doux bruit, et la vague
De la vielle cité bercait l'image vague ;
Et moi je regardais toujours, ne songeant pas
Que la nuit étoilée arrivait à grands pas.

TABLE.

FIN DE LA TABLE.

www.ingramcontent.com/pod-product-compliance
Lightning Source LLC
Chambersburg PA
CBHW070845030726
47504CB00005B/1225